El milagro de la primera flor de Nochebuena

un cuento mexicano sobre la Navidad

A mis queridos padres, Helen y Abe Fleischer,
con felices recuerdos de los días soleados que
pasamos juntos en México — J. O.

A Emiliano Zapata y Pancho Villa — F. N

El milagro de la primera flor de Nochebuena

un cuento mexicano sobre la Navidad

escrito por **Joanne Oppenheim**   ilustrado por **Fabian Negrin**

traducido por **Kristen Keating**

Barefoot Books
Celebrating Art and Story

En las alturas de las montañas de México la luz del día empezaba a apagarse. Pronto sería Nochebuena. En el mercado, Juanita pensaba en la piñata que podría comprarles a sus hermanitos si sólo tuviera unos pesos para gastar.

Para la mayoría de los niños, ésta era una época feliz. Pero este año, al menos para Juanita, no era así. Su papá estaba sin trabajo y no tenía dinero para juguetes y dulces.

El señor Rojo saludó a Juanita en el mercado. Quizás ella podría cortar y amarrar las cuerdas a las marionetas que él vendía ¡y así ganar unas monedas extra para su familia!

—Hoy, no, Nita. ¡Pronto voy a cerrar por la Navidad! Esto es para ti, Nita.

El señor Rojo le regaló a Juanita una bolsita de galletas.

—¡Feliz Navidad, Nita!

—¡Gracias, Señor Rojo! ¡Gracias!

Mientras caminaba por el mercado, Juanita admiraba las torres de frutas. Parecían deliciosas. Cómo deseaba poder comprar una pequeña cesta de fresas y colocarlas en el altar para el Niño Jesús, como había hecho el año anterior.

Se preguntaba cuánto costaría una sola cesta.

—¿Cuánto? —preguntó, extendiendo su mano.

Pero la señora Martínez se hizo la desentendida.

—¡No aceptamos mendigas aquí! —regañó a Juanita—. ¡Vete! ¡Anda! ¡Largo de aquí!

Juanita salió corriendo. ¿Por qué la señora la había regañado así? Ella no era mendiga. Sólo quería comprar regalos para su familia y un pequeño regalo para llevar a la iglesia esa noche, como harían los otros niños.

Caía la noche mientras Juanita volvía de prisa a casa. Ella todavía estaba tratando de pensar en algo que pudiera regalarle al Niño Jesús. Tenía las galletas que el señor Rojo le había regalado, pero éstas eran para sus hermanitos. Tal vez pudiera hacerle algo a mano. ¿Pero qué?

Casi había llegado a su casa cuando escuchó a sus amigas Margarita y Ana que la llamaban:

—¡Nita! ¡Hemos estado buscándote! ¡Ven con nosotras!

A Juanita siempre le había gustado ir a cantar con sus amigas. Todas las noches, durante los nueve días anteriores a la Navidad, amigos y familiares iban de casa en casa cantando y luego se reunían para las posadas, las alegres fiestas para celebrar la llegada de la Nochebuena. ¡Éstas siempre eran las noches más felices del año!

—Ven, Nita, ¡ven con nosotras para la última posada!
—No puedo —dijo Nita—. Mi mamá necesita mi ayuda.
—¿Vendrás con nosotras a la iglesia más tarde?
—No tengo ningún regalo —respondió.
—¡No importa! —dijo Margarita.

Pero sí le importaba a Juanita. ¿Cómo podría ir a la iglesia si todas sus amigas llevaban regalos para el Niño Jesús y ella no le llevaba nada?

E sa noche no hubo posada en la casa de
Juanita. Reunidos, su familia hizo una cena
sencilla de tortillas con arroz y frijoles.
Juanita les dio a los niños las galletas que el señor
Rojo le había regalado.

—El próximo año —dijo su papá—, tendré un
nuevo trabajo y haremos una fiesta de verdad, una
posada con una piñata y un banquete aquí en
nuestra casita.

Su papá bajó su guitarra y cantó con su mamá,
Nita y sus hermanitos, Manuel y Pepito.

Una hora antes de la medianoche, las viejas campanas empezaron a sonar en la torre de la iglesia.

—¡Ven, Nita! Es hora de ir a la iglesia —dijo su mamá.

—No, no puedo ir —respondió Juanita.

Su mamá tomó la cara de Juanita entre sus manos:
—¿Qué te pasa?

—No voy —Juanita sintió que se le salían las lágrimas—. No tengo ningún regalo. Nada para ti, ni para mi papá ni para mis hermanos. Y no tengo nada para regalarle al Niño Jesús.

—Ay, mi hija, tú siempre estás regalando cosas. Les regalaste galletas a tus hermanos. Cantaste canciones para tu papá. Tú nos das tanta alegría. Para nosotros, ¡tú eres un regalo!

—¿Pero qué le puedo regalar al Niño Jesús?

—Ay, Nita-sita —dijo su mamá—, no hay ningún regalo más valioso que el que lleves en tu corazón.

D e todas partes del pueblo la gente salía para ir a la iglesia. Juanita seguía a sus padres, que llevaban cargados a los niños. Pero en la entrada, Juanita se detuvo. No entró. ¿Cómo podría entrar en la iglesia sin nada, ni una vela para ponerla en el altar?

Juanita se escondió en las sombras, fuera de la vieja iglesia. Las altas puertas estaban abiertas y la música de los mariachis con sus trompetas de latón, sus guitarras rasgueadas y sus alegres cantantes llenaron la noche.

A la ru-ru-ru, niño chiquito,
Duérmase ya mi Jesusito.

Juanita tarareaba con la música mientras los mariachis cantaban la vieja canción de cuna…

Del elefante hasta el mosquito
Guarden silencio, no le hagan ruido.

Juanita ya no pudo aguantar más las lágrimas. ¡Cómo deseaba que todo fuera como era antes, cuando a su papá le iba bien y las Navidades eran felices!

—Juanita —le susurró una dulce voz.

Juanita se dio la vuelta. No vio a nadie.

La voz susurró otra vez: —Juanita, ¿ves las hojas verdes que crecen alrededor de mis alas?

¿Alas? Juanita miró a su alrededor. Las únicas alas que vio eran las de un angelito de piedra que estaba acurrucado entre unas hierbas. ¿Puede hablar una estatua? ¿Cómo puede ser? ¡Pero quién más pudo haber hablado!

—Recoge las hojas, Juanita, y llévalas a la iglesia.

Juanita estaba confundida y tenía miedo. Se preguntaba cómo podría llevarle sólo hojas al Niño Jesús.

—No tengas miedo, Juanita —el angel habló otra vez. Era como si supiera lo que estaba pensado Juanita.

—Y no te preocupes sobre cómo se ven las hierbas silvestres. Al Niño Jesús no le parecerán hierbas. ¡Él sabrá que son un regalo del corazón!

Juanita arrancó las altas y desordenadas hojas que crecían alrededor de la pequeña estatua. Ella arrancó y arrancó hasta que llenó sus brazos con un enorme manojo de tallos verdes y frondosos.

A medianoche, cuando Juanita entró a la iglesia, se puso muy nerviosa. ¿Qué le diría la gente cuando viera lo que ella le traía al Niño Jesús? Tenía miedo de mirar hacia ambos lados. Mirando hacia delante, Nita pudo ver las llamas vacilantes de cientos de velas en el altar.

ientras Juanita caminaba por el pasillo central de la iglesia, escuchó a alguien decir: "¡Qué hermosa!"

Otra persona susurró: "¡Qué linda!"

Para gran asombro de Juanita, nadie parecía enfadado ni molesto. ¿Por qué todo el mundo le sonreía?

Fue entonces cuando Juanita se dio cuenta de que el manojo de hierbas silvestres que llevaba en los brazos se había trasformado milagrosamente en unas flores rojas en forma de estrellas, las más bellas que ella había visto en su vida.

Ella sabía, cuando se arrodilló y colocó las gloriosas flores rojas en frente del Niño Jesús, que era verdad. Un regalo del corazón es el mejor regalo.

—Feliz Navidad, niño chiquito, Jesusito —susurró. Feliz cumpleaños.

Nunca antes se había visto una flor tan espléndida. Los mexicanos la llaman la flor de Nochebuena.

En otras partes del mundo la llaman poinsettia.

Estas flores decoran las casas y las iglesias en todas partes del mundo en la Navidad.

En México son tan abundantes que siguen creciendo por todas partes como hierbas silvestres.

¡Las flores de Nochebuena animan los jardines y nos recuerdan la esperanza, la alegría y el milagro de la Navidad!

Nota del autor

Encontré el cuento de la Nochebuena hace más de diez años mientras investigaba en un libro sobre cómo se celebra la Navidad en diferentes partes del mundo. El cuento era de sólo tres oraciones, pero evocó en mí una invasión de ideas y recuerdos.

Durante quince años mis padres pasaron los inviernos en México. Su casa en Cuernavaca tenía un jardín lleno de buganvilias que subían los muros, limoneros llenos de fruta y estaba rodeado de flores de Nochebuena. ¡De verdad crecían como las malas hierbas! Yo tuve la suerte de visitar muchas veces a mis padres, pero el viaje más memorable fue una Navidad que pasamos juntos. La ciudad de México era como un lugar de hadas con luces festivas en cada calle y mercados llenos de regalos. Era el tiempo de las Posadas y pudimos escuchar a los niños que cantaban mientras iban de casa en casa. Estas posadas son parte de una tradición mexicana que celebra el viaje de Mary y Joseph a Bethlehem.

Pero el momento culminante de este viaje fue la misa de gallo en la catedral de Cuernavaca, donde la música alegre es tradicionalmente cantada por los mariachis. En mi mente, todavía puedo ver las luces de las velas bailando y puedo oír la dulce melodía de la música que se escuchaba mientras la gente daba la bienvenida a la Nochebuena.

En mis investigaciones he encontrado muchas versiones de este cuento. A veces el protagonista es un niño y a veces es una niña. El cuento siempre es un poco diferente pero de todos modos es lo mismo. Esto es lo que mantiene vivos los cuentos folclóricos: contarlos y volver a contarlos de formas diferentes. Quizás la razón de que este cuento siga vivo es que trata de un milagro que nos recuerda el verdadero espíritu de regalar. A mí, me parece apropiado para la Navidad y esta época de milagros.

Joanne Oppenheim
New York 2003

El rorro

Un villancico tradicional mexicano cantado por los mariachis durante las Navidades

A la ru - ru - ru, ni - ño chi - qui - to, Duér - ma - se ya____ mi Je - su -

si - to____. Del el - e - fan - te has - ta el mos -

qui - to. Guar - den si - len - cio, no le ha - gan ru - i - do.

2. *Noche venturosa, noche de alegría.*
   Bendita la dulce, divina María.
   Refrán

3. *Coros celestiales, con su dulce acento,*
   canten la ventura de este nacimiento.
   Refrán

Barefoot Books
2067 Massachusetts Avenue
Cambridge, MA 02140

Primera edición por Barefoot Books USA

Spanish Translation by Versal Editorial Group, Inc.
www.versalgroup.com

Este libro fue compuesto en 15.5/18 pt Granjon
Las ilustraciones fueron preparadas con acuarelas, lápices de colores,
pasteles de aceite y de cera sobre papel Fabriano

Diseño gráfico por Glynis Edwards, Inglaterra
Separación de colores por Bright Arts, Singapur
Printed and bound in China by Printplus Ltd

Este libro ha sido impreso en papel de calidad de archivo
This book has been printed on 100% acid-free paper

3 5 7 9 8 6 4

Publisher Cataloging-in-Publication Data (U.S.)

Oppenheim, Joanne.
    El milagro de la primera flor de Nochebuena: un cuento mexicano sobre la Navidad /
escrito por Joanne Oppenheim ; ilustrado por Fabian Negrin ; traducido por Kristen Keating.
1st Spanish ed.
[32] p. : col. ill. ;   cm.
Simultaneously published as: The Miracle of the First Poinsettia: A Mexican Christmas
story, 2003.
Summary: A retelling of a Mexican legend that describes the origin of the Poinsettia plant.
In this version, a young girl has nothing to give the Christ child, but when the weeds she
carries in her hands miraculously transform into red flowers, she now has the perfect gift.
Included is the music of a traditional Mexican Christmas song.
ISBN 1-84148-308-7
1. Christmas — Mexico — Juvenile literature. (1. Christmas — Mexico. 2. Holidays —
Mexico.) I. Negrin, Fabian. II. Title.
[E]-dc21 2003 AC CIP

Barefoot Books
Celebrating Art and Story

En Barefoot Books, celebramos el arte y los cuentos con libros que hablan a los corazones y las mentes de los niños de todos los orígenes. Así esperamos animarlos a que lean más, busquen más allá y exploren sus propios dones artísticos. Inspirándonos en muchas culturas diferentes, buscamos temas que alienten la independencia de espíritu, el entusiasmo por el aprendizaje y la aceptación de otras tradiciones. Preparados cuidadosamente por autores, ilustradores y narradores de cuentos de todo el mundo, nuestros productos combinan lo mejor del presente con lo mejor del pasado para educar a nuestros niños y hacer que ellos, a su vez, sean capaces de cuidar a otros en el futuro.

*www.*barefootbooks*.com*